Alyona Motreskou

Ihr habts nicht einmal geträumt!

Alyona Motreskou

Ihr habts nicht einmal geträumt!

Ihr könnt mich mal ... lesen!

Goldene Rakete Verlag für Belletristik

Imprint

Cover image: www.ingimage.com

Publisher:
Goldene Rakete Verlag für Belletristik
is a trademark of
Dodo Books Indian Ocean Ltd. and OmniScriptum S.R.L Publishing group
Str. Armeneasca 28/1, office 1, Chisinau-2012, Republic of Moldova, Europe
Printed at: see last page
ISBN: 978-620-0-52104-0

Der Gott ist rot?

Ich liege im Bett.....Fieber 39 coma etwas......macht`s gut.....ich spreche seit gestern nimmer...ganz frei ist man erst wenn man tot ist...............ciao kakao!!!!!!!!

...Ich war tot! Es ist wirklich so a Tunnel mit so a kleine Glühbirne am Ende und du schwebst

zum Licht und schwebst und schwebst und ...... aber das Licht, das bleibt ungefähr so weit wie am

Anfang, aber auf das kommst nicht drauf, weil es so schön rundherum ist.

....Und , mein Gott! Der ist auch da....im weiß .....Arme ausgestreckt......er will mich empfangen...

und als ich so vor ihm stehe......schreit er mich an. "Hast du die genommen? A? Oder wo sind sie?"

....Mein Gott! Der tut mir a bissl Leid! So viel Stress! ....es ist doch alles so wunderbar ...schau! O, mein Gott! Schau nur rundherum...!!!

Hast die genommen!!!???Oder nit?! Hoast?

...Mein Gott! Der schüttelt mich! Ich schau auf seine Hände, die sind rot! Der Gott ist rot ?

....Er packt mich auf die Schulter......und.....wir fliegen....... . Sternenhimmel..., Mond...."Schagal" - denk ich mir, das ist voll "Schagal" bist du deppert... .

Und dann... war es wie im Lied - "hätte Gott ein Gesicht ghabt, was wäre es für eins?"

....Ich sitze..., naaa... ich liege...., naaa... ich hänge.....auch nicht.... aber ich sehe, das ist sicher....ich sehe … ich sehe viele Gesichter. Das ist alles Gott, weil Gott ist gross. Manchmal ist er ein bissl Frau und manchmal … so was wie Mann. Ganz kurz war er a Mann aber gschminkt und große Ohrringe hat er dran ghabt....

Hast du die 20 Tabletten genommen?!Sag!!!Sag!!! Etz a mai!!!

....Ich sehe sie... ich lächle zurück...ich würde auch winken.....aber meine Hand.............. .

Wir fliegen weiter.......................... .

Im Himmel, da wohnt ein großes schwarzes Riesentier ..... wahrscheinlich sind wir beim fliegen in den

reingetuscht .... Es war alles auf ein mal schwarz ...... Und jemand sagte laut... „immer das Licht ganze Nacht brennen lassen ..... was soi dies?!!!

Niemand und keiner.

Es war einmal … niemand und keiner.
Niemand war eher klein als groß und
keiner war eher dick als dünn.
Niemand und keiner waren gute Freunde.
Einmal ging niemand spazieren.
Keiner ist zuhause geblieben.
Niemand spazierte durch die leeren Straßen.
Plötzlich rannte ein Hund die Straße runter,
sah… niemand und fing an zu bellen.
Weil die Straßen so leer waren und der Hund
so plötzlich zu bellen anfing, erschrak … niemand.
Niemand rief an. Keiner hob ab.
Niemand sagte was ins Telefon. Keiner hat zugehört.
Die Welt stand ruhig und friedlich.
Niemand starb und keiner hat geweint.

Who is who?

Ich hab ein Rendezvous mit Dani. Ich verspäte mich ein wenig, als ich merke, dass ich kein Radschloss dabei hab, das heißt ich muss zurück aber ich bin schon ziemlich weit gefahren. Mir fällt ein, dass Dani sein Rad beim Toihaus Theater steht, fast auf dem Weg zur Lehener Park Brücke wo Dani auf mich wartet. Ich weiß den Code, ich kann mein Rad zu Danis Rad stellen und dann schnell zu ihm laufen.

Ich biege ab zum Theater. Plötzlich klingelt mein Telefon. Ich hebe ab." Dani! Dani, ich komme gleich, ich hab mein Schloss vergessen, ich fahre schnell …". Dani lässt mich nicht alles erklären. „Komm, jetzt, komm schnell mit dem Rad. Polizei ist da!" Ich weiß nicht was ich denken soll. Was ist passiert. Mit einem komischen Gefühl im Bauch fahre ich zu der Brücke. Vom weit her sehe ich zwei Polizeiautos. Vor den Autos Paar Polizisten. Ich komme an.

Dani steht da, rundherum Polizisten. Einer fragt mich. „Kennen sie diesen Herren?" „Ja, antworte ich, das ist mein Freund, Daniel Madzia." „Sind sie hier verabredet gewesen?" „Ja, sage ich und erkläre meine Verspätung wegen dem Radschloss." Ich weiß immer noch nicht, was Dani so zu sagen „angestellt" hat und was soll das alles?! Der Polizist sagt was zu seinem Kollegen, dann zu mir. „Wir müssen den Herr Madzia zu Polizeirevier mitnehmen. Es gab einen Anruf. Herr Madzia ist auf dem Brückengeländer gestanden. Jetzt muss ein Arzt kommen und mit dem Herr Madzia reden, ob er nicht Selbstmord gefährdet ist!". So ein Blödsinn! „Kann ich mitfahren?" „Nein, im Auto nicht."

Dani muss ins Polizeiauto. Ich kriege noch die Adresse gesagt und fahre hinten nach mit dem Rad.

Ich mache mir Sorgen um Dani. Er soll bloß ganz ruhig bleiben und sich nicht aufregen! Es ist nicht so lange her als Dani von Polizisten angegriffen war.

Dani ist von Zell am See nach Salzburg mit dem Zug gefahren. Im Zug sollte er das Ergebnis von dem Schwangerschaftstest erfahren. Den er von mir bekommen hat.

Nicht schwanger. Erleichtert und frei in Salzburg angekommen steigt er auf sein Dirt Jump Rad. Er ist ganz wild. Frei und wild.

Beim Festspielhaus wo ungefähr zwei hundert Menschen, Damen in Abendkleidern und Herren in vornehmen Anzügen, herumstehen, fährt Dani mit seinem Dirt Jump Rad (dabei hört er laute wilde Rockmusik) sieht die Polizisten am Rand stehen und lässt beim Vorbeifahren ganz laut und wild einen „Freiheitsschrei " aus.

Ungefähr viertel Stunde später fährt er die gleiche Stelle wieder zurück. Er sieht, dass ein Polizist sich von der Gruppe entfernt und sich in seine Richtung bewegt. Dani glaubt leicht schnell vorbei zu können und tritt stark auf die Pedale. Von ungefähr drei Meter Entfernung springt der Polizist auf den vorbei rasenden Daniel und stürzt ihn vom Rad runter …

Dann kommen noch fünf Polizisten dazu. Alle stürzen sich auf am Boden gestreckten Daniel. Vergebens versucht er sich zu befreien. Er windet sich haut aber nicht zu. Die Polizisten gewinnen und führen in Handschellen den völlig schockierten Daniel ab. Daniel ist sehr aufgeregt, er redet laut und wild über die FREIHEIT. …

Daniel wird in die Psychiatrie in ein geschlossenes Abteil gebracht. Wo ein Arzt, zwei Meter groß und mit Wimmeln im Gesicht, ihm klar machen will, dass er „krank" ist und ein Beruhigungsmittel einnehmen muss oder er wird fest gefesselt (der Arzt deutet auf das im Raum stehende zum fixieren ausgerüstete Bett) und das Mittel wird ihm eingespritzt. Daniel sagt, er hat Angst das Mittel zu nehmen, er weiß nicht was mit ihm dann geschieht. Der Arzt meint, er hat nur diese zwei Möglichkeiten, entweder er trinkt das freiwillig oder er wird auf dem Bett fixiert und das Mittel wird ihm eingespritzt.

Daniel überlegt, was ist am besten zu tun (er ist in geschlossene Psychiatrie und ob er hier rauskommt, wenn er nicht tut was ihm gesagt wird?) Gute Frage! Er entscheidet das Mittel einzunehmen. Er trinkt es aus.

Dann schläft er ein und wacht erst am nächsten Tag am Abend wieder auf. Seine Mama wartet auf ihn auf die Treppen vor die Anstalt. Sie war schon in der Früh da aber

Daniel konnte nicht aufwachen. Er sprach laut im Schlaf. Er sagte, dass jemand wie ein Tier auf ihn gesprungen ist. Wer weiß, wie es für Daniel ausgegangen wäre, wenn er nicht die Mama hätte, die ihn rausgeholt hat. Er schlief ungefähr vierundzwanzig Stunden. Als er aufwachte durfte er gehen.

Ich fahre zum Polizeirevier mit dem Rad und mache mir Sorgen um Daniel. Ob er es schafft, ganz ruhig zu bleiben?

Daniel hat es geschafft. Er war ruhig und gelassen. Der Arzt meinte, als er uns dann draußen vor dem Polizeirevier umarmen sah, wir sollen mehr Sex machen. Sehr lustig. Dani erzählte mir wie das Gespräch mit dem Psychiater war (ich durfte nicht dabei sein). Der Arzt hat schon mal den Dani, an einem Regentag auf einem hohen Geländer, beim Vorbeifahren, balancieren gesehen. Damals dachte sich der Arzt „diesen „verrückten" Typ werde ich bestimmt mal kennenlernen." Dani war also nicht Selbstmord gefährdet und durfte gehen.

An dem Tag wollten wir per Autostopp nach Steyr fahren. Es ist aber ein Polizeieinsatz dazwischengekommen. Und weil es schon dunkel geworden ist sind wir mit dem Zug gefahren. Es war kurz vor Weihnachten. Wir hatten es vor beim Daniels Freund Hannes zu bleiben. Es sollten wir und andere Freunde von Hannes und Dani zum „Christkindl" kommen.

Ein Paar Freunde kannte ich bereits, denn im Oktober fuhren ich und Daniel mit Fahrrädern Hundert vierzig Kilometer von Salzburg bis nach Steyr an einem Tag zur eine Geburtstagsparty von einem Freund, wo auch einige andere waren.

Also wir fahren mit Hannes und seine Freundin zum „Christkindl". Ein Lokal in einem Pilgerhotel. Dort in einem Durchgang zur Rezeption war eine kleine Bar, wo die anderen Freunde schon saßen. Wir landeten ganz am Bar ende und waren auf ein Getränk eingeladen. Es war heiß im Lokal und Dani zog sein langärmliges Leiberl aus, und blieb mit einem Unterleiberl, was dem Barman überhaupt nicht passte. Ich sah nur seinen verachtenden Blick, hörte aber nicht genau was er dem Dani sagte. Dani zog sich sofort wieder an, duckte sich und war ein wenig verlegen. Seine Reaktion hat mich voll überrascht. So kannte ich Daniel nicht. Ich kannte einen Daniel, der mit seinem Rad fährt, voll wild und frei und sich sogar mit sechs Polizisten um ein „Freiheitskampf" einlässt. Und hier im Lokal … duckt er sich, macht sich klein und zieht sich sofort an, ohne etwas zu sagen oder zu machen. Wir können einfach das Lokal verlassen, dachte ich, wenn es nicht passt, wie wir sind und wie wir ausschauen. Ich sagte meine Gedanken dem Dani und meinte zu ihm, er soll den langärmligen Leiberl wieder ausziehen. Dani zögert. Ich will, dass die Situation sich ändert. Ohne irgendwelchen großartigen plan gehe ich von meinem Platz in der Mitte von kleinem Raum mit meinem Glas Ananas Saft in der Hand, tanze zum Amy Weinhaus Lied und lasse das Glas fallen …

Gehe zurück zum Dani und meine was für ein Trottel er sei, wenn er sich so behandeln lässt. Wir diskutieren, dann muss ich aufs Klo. „Ich gehe jetzt", sagte ich ernst, stand auf und ging Richtung Toiletten. Daniel war sich nicht sicher, ob ich ihn für immer und ewig verlasse oder was anderes vorhabe und ging mir nach. Ich war schon in der Kabine und wollte grad Zusperren als der Dani die Tür drückte und reinkam. Ich hörte die Stimmen und schloss schnell die Türe hinter Dani zu.

Ich wartete bis eine Frau mit Kindern wieder rausging und wollte den Dani rausschicken als plötzlich jemand mit Fäusten auf die Türe hämmerte und schrie „Raus, ihr dreckigen Schweine und so weiter …" Ich mache auf. Zwei Männer, der Barmen und noch ein alter dicker Mann, stehen vor uns und schreien uns an. Dani geht raus ich zögere ein wenig, weil ich aufs Klo muss aber der alte dicke Mann packt mich beim Oberarm und zerrt mich aus der Kabine raus. Dabei schreit er mich an, etwas mit dreckiger Sau usw. …

Als ich aus dem Damenklo in den Flur, wo genau die Bar war, herausgezerrt wurde, lasst der alte dicke Mann mein Arm nicht los und hört nicht auf mich zu beschimpfen. Mit einer freien Hand nehme ich seine Brille vom Gesicht, er lässt mein Arm, ich biege seine Brille in zwei und schmeiße sie weg von mir in der Hoffnung, er lässt mich in Ruhe und schaut den Brillen nach. Er bleibt aber bei mir. Er schimpft und packt mich wieder. Er schreit wir müssen raus aus dem Lokal oder er ruft die Polizei. Der Barman springt auch rundherum fuchtelt mit Händen und schreit was zusammen. Ich sage laut, dabei will ich mich von dem alten dicken befreien, er hat Hosenträger, ich ziehe und lasse es schnallen und sage laut, „Ja, die Polizei soll kommen!" …

Die „guten Freunde" wurden sofort zu „letzten Schweinen". Sie meinen wir sollen raus aus dem Lokal, der Barmen sei ein guter Freund von Ihnen, wir sollen uns benehmen …

Daniel zieht sein langärmliges Leiberl aus bleibt nur in einem Unterleiberl neben mir und wir warten auf die Polizei. Die Polizei kommt. Nur dann verlassen wir das Lokal. Wir kriegen Hausverbot. Ich soll dem alten Herrn eventuell die Brille zahlen, meint zuerst der Polizist. Aber ich bleib hart und meine: „Egal, ob es sein Lokal ist, egal, ob er ein, keine Ahnung was für ein Verdacht hatte, was wir im Klo machen, er dürfte mir nicht wehtun und Basta.

Sicheres Salzburg

Einmal nach einem Training ging ich mit Wesley zu ihm nach Hause. Auf dem Weg kehrten wir in ein Geschäft ein. Wesley kaufte, was weiß ich, ich brauchte nichts. Bei der Kassa auf dem Boden lag eine Zeitschrift "Bussi Bär" oder so was, mit eine Plastikpistole, die mit Plastikkugeln schoss. "So ein Blödsinn!!!" schimpfte Wesley. Die Art wie das gesagt wurde hat mich provoziert … Ich hob es auf und sagte "Ich kaufe es!". Wesley: "Aber nicht wirklich?". Ich "Aber sicher!" Ich steckte die Pistole in der Manteltasche und wir gingen zum Wesley.

Wir sitzen in der Küche und trinken Tee. im Nebenzimmer wird musiziert. Verwandte und Freunde machen Jamsession. Dann sind wir ins Wesley`s Zimmer gegangen. Ich spielte noch mit meiner Pistole herum, wir tranken Bier und schauten im Internet die Karte von Rio de Janeiro an, weil ich vorhatte nach Rio zu fliegen. Wesley fand mich anscheinend lustig.

Später ging ich mit meiner Freundin Aurelia ins Jazzit. Wir beiden meinten "wir mögen Raggi Musik nicht..." aber wir waren die meiste Zeit die einzigen die tanzten... Spät in der Nacht gingen wir die Salzach entlang zum Künstlerhaus. Aurelia, die eine Künstlerin aus Litauen war, hatte ein Studio im Künstlerhaus zur Verfügung bekommen und ich schlief bei ihr.

So gehen wir und reden ganz aufgeregt. Da, auf eine bestimmte Kreuzung, biegt ein Auto ab und bleibt vor uns auf dem Zebrastreifen stehen. Scheiben sind offen, das Auto ist voll mit jungen Burschen. Die machen uns auf eine ganz unangenehme Weise an.

Ich... hole … meine … Pistole aus der Manteltasche … und sage ganz ernst: "FARTS WEITER!" Sie erschrecken ... keiner bewegt sich. Dann … holt ein Bursche eine Pistole raus! Wir erschrecken! Vor lauter Angst drücke ich ab und ein Plastikkugel mit einem "Schwups- klopf" Geräusch trifft einen auf die Nase. Ha-ha-ha-ha-ha-ha!!! Die lachen. Fahrer gibt Gas und das Auto fährt weiter. Wir stehen noch Paar Sekunden da, ich mit meiner Pistole in der Hand. "Hu!" atme ich aus, gehe auf die andere Straßenseite zum Fluss, Aurelia folgt mir. „So ein Blödsinn!!!" sage ich und schmeiße die Pistole in Salzach.

Märchen.

Mein Capoeira-trainer wollte mir ein Apelido (Spitzname) geben, nämlich, Drama. Um dem Schicksal zu entkommen schrieb ich ein Märchen und bekam ein Spitzname - Lenda, was auf Portugiesisch Märchen bedeutet. Hier ist mein Märchen:

Es war einmal ein Märchen. Es war fleißig und fromm

Einmal ging es in den Wald, Holz für den Ofen holen

Und weil "sie" nämlich in Sibirien lebte, traf sie im Wald einen Bären:

Hallo, schöne Frau! sagte Bär.

Hallo, Bär! sagte Märchen.

Was machst du hier im Wald und wie heißt du? fragte Bär.

Ich hole ein wenig Holz für den Ofen und ich heiße "Märchen".

Das ist gut, sagte Bär.

Für was mag das gut sein, lieber Bär? Fragte Märchen.

Na ja, hättest du (da überlegte er eine Weile...) hättest du "Drama" geheißen, dann musste ich dich wohl fressen! lachte Bär.

Komm! Ich helf dir das Holz nach Haus tragen, sagte Bär.

Und sie gingen zusammen ins Dorf.

Hase ist schuld an diesem Unfall.

Ich stehe auf der O-Bus Haltestelle. Es schneit. Große Schneeflocken fallen langsam. Es ist dämmrig. Ich warte auf Wesley. Ich warte, dass er zufällig vorbei geht oder aus dem O-Bus

aussteigt. Von der Haltestelle kann ich sein Haus sehen, sein Fenster. Da ist kein Licht. Er ist nicht daheim.

Ich stehe schon seit eine Stunde hier, stehe und warte..., dass er zufällig vorbei geht. ...

Wir haben uns vor ein paar Wochen kennengelernt. Ich kam nach Salzburg zum Training. Es war auch "Tag der offenen Türe". Er war da. Waldo wollte uns aufteilen, wer, was und mit wem machen soll. Und als er zu mir sagte, so und du gehst zu Margarida und machst dies, sagte ich laut, ich will selber entscheiden, mit wem und was ich mache! Uuups!!! - sagte Wesley. Ich ging zu ihm, ich wollte singen. Später hat er mich angesprochen, von wo ich sei, ich spreche mit einem Akzent. Aus der Ukraine, sagte ich. Aus welcher Stadt, weil mein Vater auch aus der Ukraine ist, fragte er. Ich bin aus Chernoviz. Mein Vater auch. Ich sagte, vielleicht sollen wir nicht weiter forschen sonst sind wir auch noch verwandt. Zum Schluss schenkte ich ihm noch ein CD, wo das zweite Lied meins war.

Eigentlich, sagte ich, wollte ich es dem Waldo schenken, aber jetzt, schenke ich es dir!

"Feiertag ist für die Deutschen!"

Es waren 90ger Jahre. Ich lebte in Sankt Petersburg. Eine meine deutsche Freundin, Britta, die Slavistik in Sankt Petersburg studierte, half mir eine Familie in Deutschland zu finden, die eine Au per Mädchen brauchte. Sie schrieb mit der Familie, da ich kein deutsch konnte. Die Familie mit drei Kinder lud mich nach Deutschland ein. Ich flog nach Hamburg, dort wohnte zur Zeit Britta. Paar Tage später setzte sie mich in den Zug nach Köln, wo meine Gastfamilie mich vom Hauptbahnhof abholen sollte. Und die Geschichte begann...

Ich war sehr nervös, da mein Wortschatz auf deutsch beschränkte sich nur auf: "Hände hoch!", " Hitler kaputt " und "das ist fantastisch". Und da kamen die schon. Zwei Männer. Die haben mir ihre Tickets gezeigt und irgendwas geredet und irgendwas gedeutet. Ich war sehr entschlossen. Nach einiger Zeit kapitulierten die und setzten sich auf noch vorhandene freie Plätze.

Ich wurde abgeholt und nach Brauweiler gebracht in ein kleines Haus, wo ich drei Kinder kennenlernte. Sajoscha war 9, Xenia 7 und Mikosch, nicht einmal ein Jahr. Die Eltern erklärten mir " alles"auf einmal auf englisch und sind am nächsten Tag arbeiten gegangen. Und ich musste "Mama" für die Drei spielen.

Geschlafen habe ich in einem Zimmer im Keller, es hatte ein sehr kleines Fenster ganz oben, sonst war es ein Kellerzimmer. Ein Monat ist vergangen. Den ganzen Monat war ich mit einem Haufen von Kindern beschäftigt. Es versteht sich, dass die Nachbarskinder zu den "meinigen" zum spielen kamen. Denen gefiel, dass sie so zu sagen "alles" machen konnten, und dafür keine Schimpfe von mir bekamen.

Nach einem Monat an einem Tag höre ich das fremde Gezwitscher und plötzlich verstehe: "Sag, sag es ruhig , sie versteht nix." Uups .Dann sagte ich :"jetzt ist Schluss! Ich verstehe euch." So habe ich deutsch in einem Monat gelernt. Die Eltern waren von in der früh bis am abend arbeiten.

Einsatzkommando vom Haus. Die Familie, samt drei Kinder, barriekadiert sich im Haus. Der Polizist sagt zu mir: "Wenn sie sagen, sie brauchen ihren Pass jetzt, dann wird das Haus gestürmt." Das Haus stürmen lassen oder mein Pass morgen beim Anwalt abholen?

Wie es dazu kam. Ich war ein halbes Jahr bei dieser Familie als ein Besuch aus Sankt Petersburg für mich kam. Der Besuch war in Köln bei Kerstin. Es war Mittwoch und Donnerstag war ein Feiertag. Ich wollte am Mittwochabend nach Köln und am Donnerstagabend zurück. Ich frage die Eltern : "Ich habe Besuch aus Sankt Petersburg, morgen ist doch ein Feiertag? Dann kann ich nach Köln und morgen am abend zurück?" Ich war so glücklich. Und dann kam die Antwort von der "Mama": "Feiertag ist für die deutschen und du bist aus Osteuropa!"

Wow! Es roch nach einem Skandal. "Ok, ich fahre trotzdem hin und komme morgen früh, um 7 bin ich wieder da." Sagte ich nur. Gesagt - gemacht. Es ist aber nicht genug, dass ich um 7 wieder da bin. "Krieg" ist in der Luft. Die "Mana" lässt mich nicht einmal zum Tisch um einen Kaffee zu trinken. Sie schreit mich an: " Das geht nicht so weiter! Du bist so undankbar! Packe deine Sachen, Thorsten, fährt dich nach Hamburg! WIR SCHICKEN DICH ZURÜCK NACH RUSSLAND!!! " Sie wussten, dass ich ein Rückflug mit einem offenen Datum aus Hamburg hatte. Aga, interessant, denk ich mir, morgen müsst ihr aber arbeiten gehen, morgen ist kein Feiertag. Alles klar! Jemand denkt, dass ich aufs Knie falle und ihn weinend anflehe: "Bitte, machen sie alles was sie wollen mit mir aber schicken sie mich nicht zurück nach Russland!!! Bitte, bitte, bitte!!!" Und dann noch die Füsse werden Ihnen geküsst, oder was.? Laut sage ich aber: "Gut, ich packe meine Sachen."

Das war , wahrscheinlich, ganz unerwartet, weil sogar im Keller hört man die Eheleute streiten. Wenn sie jetzt vernünftig werden und sich entschuldigen, werde ich bei ihnen noch bleiben wollen? Gute Frage . Ich gehe mit meinen zwei Taschen zum Auto. Die "Mama" sieht mich gehen und kriegt ein Hysterieanfall: "Undankbares Ding ! Wir schicken dich zurück nach Russland, nach Russland, nach Russland mit dir!!!" Der "Papa" ist ruhig, aber man merkt, dass er unter Druck steht. Ganz unsicher macht er mir das Gepäckraum auf. Die Kinder verstehen nicht was los ist. Ohne mich von denen zu verabschieden steige ich ins Auto. Der "Papa" geht noch einmal ins Haus. Man hört Schreie. Die Erwachsenen streiten. Dann kommt er raus, setzt sich ins Auto und sagt zu mir im gleichen Ton wie seine Frau: " So! Wir schicken dich zurück nach Russland!!!" Das wiederholte er noch ein paar mal, als ob er sich selbst in der ganze Sache überzeugen wollte.

Wir sind auf dem Autobahn Richtung Hamburg. Langsam reichts mir! Ich schnalle den Sicherheitsgurt ab, mache die Autotür auf, lehne mich sehr weit raus und sage:"Du bringst mich jetzt nach Köln zur meine Freundin oder ich springe jetzt raus!!!!!" Er schreit:" Wir sind auf dem Autobahn, ich kann nicht sofort umdrehen, mach die Tür zu!" Ich antworte: 'Nein, wir fahren so, bis zu erste Umdrehmöglichkeit!!!"

Bei Kerstin in Köln bietet mich "Papa" verzweifelt um meinen Pass (zuerst hat er mit seine Frau telefoniert und die ist völlig ausgeflippt) um mich als Au per abzumelden. Ich habe Erbarmen mit dem Thorsten und gebe ihm mein Reisepass.

Am nächsten Tag habe ich schon eine andere Familie gefunden die mich als Au per brauchte. Ich war schon bei meine neue Familie und alles war gut nur ein kleines Problem. Die erste Familie gab mir mein Pass einfach nicht zurück. Mit meine Freundin Kerstin ging ich zur Polizei. Dort haben wir die Situation erklärt und wuups da fahren wir schon mit dem Polizeiauto hin um mein Pass abzuholen. Der Polizist klingelt bei der Tür, ihm wird nicht aufgemacht. Er muss durch die geschlossene Tür den Leuten erklären, dass sie kein Recht haben um meinen Pass festzuhalten und sollen auf der Stelle es mir aushändigen! Die Tür wird trotzdem nicht aufgemacht und mein Pass bleibt drinnen. Noch schlimmer, die Familie barrikadiert den Eingang und verschanzt sich ins Badezimmer im ersten Stock. Die "Mama" schreit aus den Fenster :"Wir geben den Pass nicht!!!"

Dann macht der Polizist einen Telefonat. Und Einsatzkommando rückt an. Maskiert mit Maschinengewehren. Der Polizist fragt mich:" Brauchen sie ihren Pass jetzt oder ist es möglich für sie bis morgen zu warten und es beim Anwalt abzuholen? Wenn sie sagen, sie brauchen ihren Pass jetzt, dann wird das Haus gestürmt! "

Alle schauen mich an. "Jetzt" oder "Anwalt"?

Ich bin bereit zu sagen :" Ja, ich brauche mein Pass JETZT! "Und action!"

.....

Shit! Ich höre die Kinder, der kleine Mikosch weint. Er nannte mich Mama! Wie kann ich ihm so was antun?

"Anwalt", sage ich leise.

Ich war Au per Mädchen bei einem RAF Mitglied.

Köln Hauptbahnhof. Ich stehe auf dem Platz wo ausgemacht war und warte auf Ulli. Er wird mir das Geld bringen, was er mir noch schuldet. Mein Visum läuft in zwei Tagen ab. Ich werde mit dem Zug nach Sankt Petersburg fahren .

Eine Stunde ist vergangen. Der Ulli kommt nicht. Ich versuche ihn von der Telefonzelle zu erreichen. Vergebens. Der Nummer ist nicht erreichbar. Ich warte trotzig weiter. Nach ungefähr 5 Stunden Wartezeit kommen zwei Polizisten auf mich zu und fragen mich, wieso ich so lange auf einem Platz stehe? Und, ob alles in Ordnung ist? Und mein Pass wollen die auch sehen. "Dein Visum läuft in zwei Tagen ab!" Als ob ich es selbst nicht wusste. Ich erzähle, dass ich auf meinen Gastvater warte, der mir mein Geld für den Zugticket bringen soll, eigentlich schon vor fünf Stunden. Am Telefon kann ich ihn nicht erreichen. Aber er kommt! Sicher! Wir haben ausgemacht! Er weiss ganz genau, dass mein Visum in zwei Tagen abläuft und ich weg muss, also er wird kommen und mein "Taschengeld", das er mir noch für zwei Monate schuldet, bringen, denn er weiss, dass ich keins habe um weg zu fahren!!!

Acht Stunden stehe ich auf einem Platz am Kölner Hauptbahnhof und warte auf Ulli. Er kommt nicht! Ich fahre zu meine Freundin Kerstin ihrer WG. Kerstin selbst ist nicht da.

Am nächsten Tag erreiche ich den Ulli am Telefon. Wir verabreden uns noch einmal am Hauptbahnhof. Die Geschichte wiederholt sich.

Die gleichen Polizisten kommen um mich zu fragen ... ob alles in Ordnung ist ... usw. Ich kann Ulli wieder nicht erreichen! Morgen läuft mein Visum ab! Morgen muss ich weg! Ich will auch weg. Ich will nicht illegal in Deutschland bleiben, wie Ulli mir vorgeschlagen hat! " Du bleibst bei mir illegal, so lange wie ich eine Au per brauche, so drei-vier Jahre und nicht nur ein Jahr, wie der Bundesstaat Deutschland es vorschreibt! "

Als ich bei Ulli und Martina angefangen habe auf den kleinen Filip aufzupassen war dieses Thema jeden Tag präsent. Das Thema, dass ich so lange bleibe, wie der Ulli ein Au per Mädchen braucht und nicht so lange wie der Bundesstaat Deutschland es sagt!

Stundenlang hat er mit dem Anwalt telefoniert um eine Möglichkeit zu finden. Und an unseren gemeinsamen meistens Abendessen, wo seine jünge Ehefrau dabei war, war das Thema "heiß besprochen".Die Ideen sind mit der Zeit immer abgefahrener geworden.

Zuerst ging es um viel Geld, das Ulli zahlen bereit war, um mich auf einem legalem weg zu behalten. Ich musste meinen Pass ihm geben. Er sagte mir, dass mein Pass beim Anwalt ist, um das Problem mit dem " bleiben " zu lösen. Also Paar Monate konnte ich nicht reisen. Dann, plötzlich, sprachen wir am Tisch, ob ich den Ulli heiraten werde, wenn er konvertieren würde und mich als zweite Frau heiraten konnte. Ich saß da und musste antworten und dabei den Blick von der erste Ulli's Frau auszuhalten. Nein, ich werde ihn nicht heiraten, war meine Antwort. Er meinte, es gehe doch nicht ums heiraten oder konvertieren, es gehe darum, dass ich so lange in Deutschland bleiben kann, wie der Ulli eine Au per Mädchen brauche und nicht so lange wie der Bundesstaat Deutschland es vorschreibt!

Er machte einen ziemlichen Druck auf mich, beschrieb die ganze Zeit, wie gut es für mich wäre, in Deutschland zu bleiben, Geld zu sparen, usw.

Von Anfang an ist das die Idee Fix für Ulli geworden. Er hat mir auch nicht so viel Taschengeld bezahlt, wie es vom Staat vorgesehen war, sondern drei mal so viel. Und fürs letzten Monat hat er mir ein doppeltes Taschengeld versprochen.

Einmal wurde ich gefragt, ob ich nicht ein Kind für Ulli gebären kann. Natürlich kriege ich dann seine finanzielle Unterstützung! Das war mir am übelsten, neben der Ehefrau zu sitzen und drüber zu reden. Einen deutlichen "nein" war nicht genug.

Für mich war klar, wenn es halt nicht geht, dann fahre ich zurück nach Russland, so schlimm ist doch nicht. "So schlimm" war das aber für Ulli.

Inzwischen habe ich erfahren, dass Ulli Jahrelang im Gefängnis saß. Er hat zu eine politische Gruppe zugehört, RAF . Er war in der Gruppe die einen Politiker gekidnappt und erschossen hat.

RAF. Ich glaube, ich habe irgendetwas darüber gehört aber nicht viel und egal war es mur auch. Ich war jung, ich war aus Sowjetunion, die vor ein Paar Jahren zerfiel.

Als seine Ideen ausgingen und mein Visum in ein Paar Wochen auslief, schlug mir Ulli vor, illegal in Deutschland bei ihm zu bleiben.

Ulli will den "Sieg" über den Bundesstaat Deutschland und ich soll für diesen Sieg illegal in Deutschland bleiben!

Legal oder illegal, war mit egal.

Für Ulli arbeiten oder für wen anderen, war mir egal.

Aber nicht reisen können! Nein, danke!

Da in der Nähe von dem Platz, wo ich auf Ulli wartete, saß ein Pank mit Rosa Irokesen und bettelte um ein wenig Kleingeld. Ich machte ihm nach. Das Geld reichte nicht. Dann fuhr ich ins Kerstin's WG und fragte bei ihren Mitbewohnern um Hilfe. Ich bekam die Küchenkassa, von der ganze Wohngemeinschaft.

Schnell zurück zum Hauptbahnhof, Ticket nach Sankt Petersburg kaufen und weg hier.

Ku Klux Klan in Zell am See.

Ich war ein Jahr mit einem "komischen" Paar befreundet. Es hat sich dann rausgestellt, dass er - ex Ku Klux Klan Führer ist. Ernst David Duke.

Ups! Ich musste das ganze Jahr rückwärts passieren lassen um auf die Ereignisse, die im Zusammenhang mit dieser Person waren, noch mal zu betrachten. Jetzt mit dem Wissen, dass er nicht ein alte Marasmatiker ist, was ich die ganze Zeit dachte, sondern Chef vom Ku Klux Klan.

Als wir zum ersten mal das Paar besuchten, stand er bei der Eingangstür und schaute allen in die Augen. "Blau! Gut!" sagte er zu meinem Mann "Herzlich willkommen!". Zu meine kleine Tochter, die erst 10 Monate alt war , sagte er " Hm, blau, aber bei dir kann es sich noch ändern." Und zu mir mit einem leichten Hauch von Eckel "braun". Seitdem hab ich gedacht, "der Alte spinnt "

Ich war mit dem Paar wandern. Ich war mit dem Paar im Fitnessstudio. Sie, seine russische Freundin, die 35 Jahre jünger war, sagte, dass ihr Freund ein Held ist und viele Feinde hat aber auch viele Freunde und das er sich besonders gut hier in Österreich fühlt.

Er sprach nur amerikanisches englisch. Weil seine Aussagen meisten so abgefahren waren, dachte ich mir, das kann doch nicht wahr sein, was ist mit dem Typ los? Ist er psychisch krank, oder ich verstehe amerikanisches englisch vielleicht nicht?

Als eine meine deutsche Freundin, Sarah, bei mir zu Besuch war, sie konnte sehr gut Englisch und war der loyalste Mensch, den ich kannte, nahm ich sie zu dem "komischen" Paar mit. Sarah war schwanger, man sah den Bauch ganz deutlich. "Bist du von einem Aria schwanger?" kam , statt Begrüßung, diese Frage von ihm.

Nach diesem Besuch, sagte Sarah zu mir: "was für ein riesen Arschloch ist dieser Typ denn?"

Als Obama zum Präsident gewählt werden sollte, war ich zufällig bei Ihnen. Rot vor Wut mit geballten Fäusten stand er vor dem Fernseher und drohte.

Einmal zur Weihnachten kamen sie zu uns. Er war im langen schwarzen Ledermantel und eine Kappe, die ich aus der Kriegsfilmen kannte, solche haben SS Leute getragen, er hatte genau so eine nur ohne Merkzeichen.

Stellt euch die Szene vor: Ku Klux Klan Führer im Ledermantel und SS Kappe sitzt in der Hängematte in meinem Wohnzimmer und gähnt als mein Mann die Gitarre und Mundharmonika holt und die Gäste unterhalten will, mit dem "That keep me searchin for a heart of gold" vom Neil Young.

Später, als wir wussten, wer dieser Typ wirklich ist, machte mein Schwiegerpapa solche Witze:

"Aber was machen diese Leute in weissen Zipfelmützen mit brennenden Fackeln auf unsere Brücke?"

“ Das ist Showbusiness, baby!"

"Und du Alyona nimmst diese Schlange!", Hildegard zeigte auf eine Schlange die deutlich heller war als die anderen, die in der Truhe zusammengeflochten da lagen. Wir schauten uns an. Die Schlange gefiel mir nicht. Sie schaute mich an mit einem kalten Blick und es schien als ob sie auch antipathie für mich empfindet. Hildegard hat uns erst vor der Show gesagt, dass wir zwieschen der Tänze mit den Schlangen ins Publikum gehen und dass die Schlangenatraktion auf der Plakaten angekündigt ist.

Ich soll eine von den neuen Schlangen nehmen. Selber nimmt sie die Schlange, die schon seit zehn Jahren bei ihrer Shows dabei ist.

Wir tanzen schön und dann kommt die Zeit mit den Schlangen ins Publikum zu gehen. Hildegard hat sich als erste umgezogen ihre Schlange geschnappt und ins Publikum gegangen.

Die Schlangen in der Truhe waren zusammengeknotet. Als ich wieder meine Schlange sah lief mir ein Schauder über den Rücken. "Ich gehe nicht mit dieser Schlange!" sagte ich zu Gudrun, die mit mir in dem Umkleideraum war. Sie schaute mich verwundert an. "Ok, ich gehe nur, wenn du sie mir auf die Schulter legst."

Irgendwie kratzte die Gudrun "meine" raus, den Schlangen war kalt und sie waren unbeweglich. "Mach die Truhe zu, damit der Rest nicht wegkriecht", sagte sie zu mir. Ich habe mich hingehockt und ... in diesem Moment sehe ich wie ein weit offenes Schlangenmaul auf mich zu rast. Ich schaffe mein Gesicht mit dem Arm zu verdecken. Schnapp!

Eine 2,5 m.lange Schlange hängt fest in meinem Arm.lch schreie auf und haue mit der freie Hand ihr auf die Schnauze! Gudrun zerrt sie bei dem Schwanz. Die Schlange lässt nicht los. Ich spüre, dass sie mich zum Einsaugen versucht und haue mit der freien Hand noch häftiger auf die Schnauze. Was sollte ich sonst machen? Mehr fiel mir nix ein. Endlich hat es ihr gereicht. Plötzlich liess sie mich los und blieb regungslos hängen. Ich bluttete stark. Voll schockiert schaute ich Gudrun an und sagte entschlossen: "Mit diese Schlange gehe ich nicht ins Publikum!"Gudrun stand da, grosse Schweissperlen liefen ihr übers Gesicht, sie war auch, wahrscheinlich, unterm Schock, denn sie legte die Schlange langsam sich auf die Schulter und sagte, wie in Transe: "Dann gehe ich!" Und ist gegangen, ins "Fünfhundertmensch" Publikum.

"So, so das sind Würgeschlangen, die sind nicht giftig! Ja, ja nicht giftig! Oder? Oder doch? Oder nur ein bisschen? Oder gar nicht?", ich gerate in Panik. Ich muss die Hildegard fragen, was ich, jetzt, tun soll? Ich wiesche das Blut, verdecke die Bissstelle mit der andere Hand und gehe ins Publikum zu Hildegard. Sie ist irgendwo im riesen Saal. Sie hat es wahrscheinlich schon von der Gudrun erfahren, was mir passiert ist, weil als ich vor ihr aufkreuze, lächelt sie mich nervös an und ziescht mir flüsternd ins Ohr: " Ach, halb so schlimm, desinfeziere die Stelle, ach, halb so schlimm!" "Ich habe nix dafür! Ich habe nix!" "Dann pinkle auf diese Stelle!" sagte sie genervt.

Ich gehe zurück in den Umkleideraum. "Heiliger Strohsack! Hier gibt es gar kein Klo!!!" Aus dem Raum war ein Ausgang zum Parkplatz.

Stellt euch die Szene vor. Eine Frau im indischen Sari mit Kopfschmuck setzt sich zwieschen die Autos, hebt das ganze Stoffungeheuer hoch, steckt ihren ganzen Arm unter sich und pinkelt drauf. In diesem Moment ein gegenüber stehendem Auto macht seine Scheinwefer an und beleuchtet mich! Der Fahrer und seine Begleitung starren mich an. Ich habe keine Hand frei um mich von dem Licht und dem Starren zu verdecken. "Ach, was solls?"Ich pinkle weiter.

Ich habe 22 Zahnabdrücke gezählt.

Für mich war klar, Hildegard ist eifersüchtig!

“Das ist Showbusiness, baby!“

"Danke, für den geilen Striptease!"

Einmal als ich zum Training fuhr, traf ich im Bus den Jakob. "Hallo!" "Hi! du fahrst auch zum Training?". Jakob war irgendwie nervös. Er schaute sich um. "Fahrst du schwarz?", fragte ich leise. Jakob nickte und erzählte, dass er momentan gar kein Geld hat. Ich errinerte ihn, dass einmal bei einem Workshop ich kein Geld hatte und er mich auf eine Pizza eingeladen hat und dann in der Früh noch auf einen Kaffe. "Ich kann dir heute zehn Euro geben!" "Wenn das geht?", freute sich Jakob.

Nachein paar Stunden waren wir mit dem Training fertig und gehen in den Umkleideraum. Jakob und Valdo, unser Capoeiratrainer, wollten duschen und weil es nur eine Dusche gab, verzichtete ich aufs duschen und zog mich schnell um. Der Valdo ist noch im Trainingssachen. Der Jakob hat nur Boxershirts an, als er aufspringt und Capoeirabewegungen dem Valdo zeigt. Man muss anmerken, dass Capoeira auch als brasilianischer Tanzkampf bezeichnet wird. Also, Jakob springt so im Boxershirts herum und ich mit Valdo schauen uns das an. Als dann Jakob aufgehört hat, stehe ich auf und gehe auf ihn zu."Wau!", sage ich, "Danke, für den geilen Striptease!". Und gebe ihm versprochene 10 Euro. Jakob wird rot im Gesicht, nimmt Zehneuroschein und sagt verlegen:"Danke!"

Valdo kennt sich nicht aus. Er springt auf und fragt: " Und ich? Kriege ich auch einen Zehner, wenn ich mich ausziehe?". Zieht sich schnell bis zum Boxershirts aus. "Und?", fragt Valdo., "Krieg ich auch einen Zehner?". Ich bin schon bei der Tür. Ich drehe mich um, schau den Valdo von oben bis unten an und sag: "Hm, nein, du nicht!". "Wa!!! Du bist so arg!», schimpft Valdo. "Ciao!", sag ich noch zu den beiden und bin davon.

Salzburg - Barcelona - Salzburg.

Meine Freundin Maria und ihr Freund Reini wollten nach Spanien auswandern. Sie packten ihre Sachen, luden das alles auf das Auto oben drauf, nahmen ihren Babysohn Diego und wollen aus Österreich nach Spanien fahren.

Sie haben noch zwei Plätze im Auto frei. Ich und Dani fahren mit.

Am abend kommen wir zu einem Campingplatz am Bodensee. Maria und Reini stellen einen Zelt auf. Ich und Dani haben es vor einfach unterm freien Himmel zu schlafen. Es ist schon dunkel geworden als wir entscheiden zum See zu gehen. Am See brannten mehrere Lagerfeuer. Wir fanden einen verlassenen, fast ausgehenden Feuer, schmiessen was nach und setzten uns rund herum. Es war gemütlich und warm beim Feuer zu sitzen. Milliarden von Sternen, schwarzes glänzendes Wasser und funkelnde Feuerstellen mit friedlichen Menschen.

Dani und Reini haben Bier mit. Dani trinkt seins während Reini mit dem Bauen eines Joint beschäftigt ist. Dani trinkt aus und geht zu Mülltonnen um seine leere Flasche weg zu schmeissen, als er dann zurück ist hören wir, dass es bei der Nachbarn was los ist. Eine Polizeikontrolle.

Reini versteckt gerade den Joint, irgendwo in einem Ritz auf dem Stein, wo er drauf sitzt, nimmt demonstrativ seine Bierflasche in die Hand, macht sie auf und trinkt, als die Polizei bei uns erscheint. "Grüss Gott! Bla, bla ... Alles gut! Die Glassflaschen sind am Bodensee verboten! Es sind, ja, draufhinweisende Schilder überall!" Ups! Reini kriegt eine Geldstrafe.

Am nächsten Tag fahren wir weiter Richtung Spanien. Wir fahren Autobahn aber auch die kleinen Strassen. Wenn uns wo gefällt bleiben wir stehen, baden im Fluss, baden im Meer, geniessen den Sommer.

Nicht schnell und nicht langsam erreichen wir Spanien. Maria und Reini wollen ins Gebirge. Ich und Dani wollen nach Barcelona. Ungefähr hundert kilometer vor

Barcelona müssen sie abbiegen. Wir verabschieden uns herzlich und sie fahren weg. Wir haben es vor mit Autostop nach Barcelona zu kommen. Also, heben wir unsere Hände mit ausgestrecktem grossen Finger enntgegen erstem kommenden Auto. Das Auto bleibt bei uns stehen. Ein Kabrio mit einem gepflegten reichen Typ drinnen. Er schmeisst sein Koffer ins Gepäckraum und nimmt uns mit.

Er ist sehr begeistert von uns und unsere Reiseweise. Er hat einen Termin und muss nach Andorra. Aber er ist so von uns entzückt, dass er sein Termin verschiebt um uns bis nach Barcelona zu bringen. Es wird schon dämmrig als wir ankommen und der Kabriotyp meint, Barcelona ist eine gefährliche Stadt und er will uns irgendwo absetzen, wo er ein gutes Gefühl hat. Er sucht lange, dann steigen wir aus. Er steigt auch aus um sich von uns zu verabschieden. Wir umarmen uns und schütteln uns die Hände und als ich ihm die Hand gebe spüre ich, dass er etwas in meine Hand drückt. Er steigt in sein Kabrio. Wir winken ihm zu. Er fährt weg. Ich mache mein Faust auf ... "schau, Dani, er hat uns Hunderteuroschein geschenkt!!!" Wir gehen ins Hotel. Geld dafür haben wir, ja.

In der Nacht gehen wir noch zum Dirtpark, La Poma. Dani hat vor paar Jahren hier, neben dem Park, drei Monate gelebt und dirt bike gefahren. Deswegen sind wir her, nach Spanien, gekommen, weil Dani es mir zeigen wollte.

Die Hügeln waren einbischen vom Regen beschädigt. Aber trotzdem war das sehr faszinierend und romantisch.

Um jemanden nicht zu verpassen, haben wir eine Nacht direkt im Park auf dem Dach von eine Hütte geschlafen. Und es hat geklappt. Wir lernten den bmx Fahrer Cory Nastazio aus USA kennen. Für Dani ist er ein Idol.

Wir haben erfahren, dass es ein Wettbewerb am Wochenende in Frankreich stattfindet, "Kill the line" in Peynier. Wir wollen hin.

Am nächsten Tag stoppen wir Richtung Frankreich. Aber es nimmt uns keiner. In der Nacht hab ich einen Alptraum gehabt. "Eine Gefahr von einem Schwarzen Mann, die dem Dani drohte... ich habe Riesenangst um Dani... wir gehen irgendwo lang... ich vorne Dani hinter mir... plötzlich höre ich ein Schussgeräusch... langsam drehe ich mich um... sehe Mitten im Dani's Stirn einen roten Punkt... Blut rinnt aus dem Punkt den Stirn runter... und Dani in Zeitlupe nach hinten fällt... ich schreie auf..." , und aufwache.

Am nächsten Tag stoppen wir Richtung Frankreich. Aber es nimmt uns keiner.Wir entscheiden mit dem Zug rauszufahren, bis nach Girona, und von dort weiter zu trampen. In Girona war die Umgebung irgendwie unfreundlich und es fing an dämmrig zu werden. Also nahmen wir den Zug nach Montpellier. Die Landschaften im Zugfenster sind märchenhaft. Aber als es draussen dunkel wurde, ist uns einbischen langweillig geworden. Ich blieb trozdem einfach sitzen. Dani aber spazierte ein paar mal den ganzen Waggon bis zum Klo und zurück. Und dann noch einmal aber mit dem Klobesuch. Als er dann sich wieder auf sein Platz setzt, erscheint vor uns ein schwarzer junger Mann. Er ist böse, er beschuldigt den Dani sein Handy, das er im Zugtoilette zum aufladen gelassen hat, gestollen zu haben. Alle schauen uns böse an, als ob es schon bewiesen ist. Dani steht auf und bietet sich dem Schwarzen ihn nach seinem Handy durchzusuchen. In diesem Moment erinnere ich mich an meinem Alptraum. Der Schwarzer ist sehr aggressiv. Mit einem verächtlichen Gesichtsausdruck durchsucht er Dani's Hosentaschen. Nichts. Ein Passagier hollt sein Telefon raus und fragt den Schwarzen nach seinem Nummer, vielleicht klingelt es irgendwo, meint er. Ich kriege Panik. Was ist, wenn der Schwarzer sein Handy uns absichtlich untergejubelt hat? Um es dann auf diese Weise zu "finden". Dani rasiert sein Kopf schon jahrelang, weil es ihm, bei seinem Sport, besser so gefällt. Aber, keine Ahnung, was der Schwarzer über seine Frisur denkt. Es klingelt nicht. Der Schwarzer lässt nicht locker, er fordert unsere Rücksäcke. Die kriegt er sofort. Er sucht. Findet nicht. Der ganze Waggon ist wie ein aufgewülter Hornissennest. Wir stehen blöd da und können unsere Unschuld nicht beweisen. Der Schwarzer setzt sich ungern wieder auf seinen Platz und schaut zwieschen den Sitzen böse auf uns zu.

Bald kommen wir an. Montpellier. Endstazion. Alle austeigen. Es ist dunkel draussen und ich muss an das Ende von meinem Alptraum denken. An dem roten Punkt mitten im Dani's Stirn.

Als wir aussteigen ist mir übel vor Angst. Wir laufen durch die Stadt und in keinem Park fühle ich mich sicher. Letztlich finden wir auf einem Parkplatz ein Gebäude, auf das man leicht raufklettern könnte, was wir dann auch machen. Das Dach war mit grossen Kieselsteinen besät und weil es vorher geregnet hat, überall waren die Wasserpfützen. "Egal, hauptsache, ich fühle mich geborgen!" Wir legten uns schlafen und es passierte nichts schlimmes.

In der Früh schien die Sonne und alle meine Ängste waren weit weg.

Wir versuchten weiter mit Autostopp zu kommen, aber die franzosen nicht nur, uns nicht mitnahmen, sondern auch den Stinkefinger uns zeigten. Wir gaben den Autostopp auf und gingen wieder zum Zug.

Wir fuhren nach Marseille, von dort war es nicht mehr so weit bis nach Peynier. In Marseille warteten wir auf einen gutmütigen Menschen, der uns mit nach Peynier mitnimmt. Pasquale, war dieser Mann mit Herz. Er musste nicht nach Peynier, aber er wollte uns helfen. Leider suchten wir zu lange nach dem dortigen Dirtpark, als wir ankammen, war der Wettbewerb grade zu Ende.

Dafür war der Park so schön romantisch, mit bunten Lämpchen zwieschen den Föhren. Dani traff viele Bekante und Freunde. Ein alter Mann mit langen blonden Dreadlocks hat uns auf seine "Zigarette" eingeladen. Wir redeten noch beim Rauchen sehr lange und alles war wie ein Zauber.

Dani's Freunde fragten uns, wo wir schlafen werden? Wir meinten hier zwieschen den Bäumen, aber sie sagten, dass ein Hotelzimmer schon bezahlt ist, wo die Leute schon abgereist sind und wir dort übernachten können und ein Frühstück gibt es auch in der Früh. "Ok!"

Per Anhalter durch die Cote d'Azur!

In Saint-Tropez legten wir uns einfach auf Meerespromenade der Altstadt schlafen. In der Früh waren wir müde und haben uns verlaufen, sind in falsche Richtung gegangen. Ich laufe vorne, Dani mit der Halbinselkarte in den Händen hinter mir. Plötzlich höre ich ein Schussgeräusch... langsam drehe ich mich um... und sehe Mitten im Dani's Stirn einen roten Punkt... Blut rinnt aus dem Punkt den Stirn runter... und Dani in Zeitlupe nach hinten fällt ... ich schreie auf...! Mein Alptraum! Ich renne zu Dani.

Also, ich bin kleiner als Dani, ich lief vorne und passte gut unter einem Ast durch. Dani ging hinter mir, war mit der Karte beschäftigt, merkte den Ast nicht und rannte mit dem Stirn dagegen. "Oh, weh!"

In Cannes sind wir mit einem indonesischen Ehepaar, das schon seit 25 Jahren in Holland lebte, reingefahren. Die sind zuerst an uns vorbei gedüst, dann aber nach ein paar Kilometer umgedreht und extra zurück, um uns mitzunehmen.

Mit laute Rockmusik fahren wir in Cannes ein, bleiben irgendwo stehen, der Mann stopft eine Pfeife mit dem "Zeug" aus Holland voll und wir rauchen. Zum liebevollem Abschied kriegen wir noch den Proviant, Lachs und Oliven usw. geschenkt und gehen in die Nacht hinaus.

Also, vollberauscht mit Lachs und Oliven unterm Arm, stehen wir irgendwo in Cannes. Bis zum Strand ist nicht weit, man hört schon das Meer. Aber Dani will unbedingt ein Bierchen trinken. Ich meine, es ist Nacht, rund herum sind nur Casinos und teuere Restaurants, wo willst du ein Bier kriegen?

Ich laufe ihm nach, weil er überzeugt ist, dass hier, gleich um die Ecke, irgendwo, zwieschen die Casinos, ein einfaches Geschäft gibt, wo er billiges Bier kaufen kann. Und ... ein Wunder! Um die zwanzigste Ecke finden wir es! So, jetzt, müssen wir nur zurück zum Meer. Plötzlich, sind wir auf dem roten Teppich, der, wer weiss warum, da ist, wahrscheinlich ist das ein Zeichen! Berauscht, mit Lachs, Olivendosen und Bier, mitten in der Nacht, marschieren wir auf dem Roten Teppich in Cannes, ist das nicht ein "Zeichen"?

Ein schönes Schlafplatz am Strand fanden wir auch. Unter eine Treppe, die genau von der Promenade runter zum Stadtstrand führte.

In Antibes gehen wir durch die Stadt und suchen uns einen Schlafplatz, wir sehen ein paar Obdachlosen, die auf Pflastersteinen liegen und überlegen zuerst irgendwo im Hafen zu suchen.

Im Hafen waren schöne grüne gepflegte Wiesen und wir fragten uns, warum die anderen auf die Pflastersteinen schlafen und nicht hier? Wir finden eine weiche Wiese, im Schatten, mit dichtem Gebüsch umrammt und legen uns hin.

Friedliche Umgebung, grosse Jachten, keine Menschen, weiche Wiese und Sternenhimmel!

"Gute Nacht!"

"Gute Nacht!"

Plötzlich hören wir seltsames Geräusch und sofort zwei Wasserstrahlen schiessen auf uns.

Patschnass springen wir auf. So was.Automatische Bewässerungsanlage.

So war uns klar, warum die anderen auf die Pflastersteinen schlafen und nicht hier. Wir gingen zurück in die Stadt und legten uns auf die Pflastersteine einer Mittelälterischen Strasse, die als Zufahrt zu einem Museum diente und mit einem Gusseisernen Tor endete.

Nizza, Monako ist langweillig sauber, Sanremo, Imperia, kleine Dörfer. Schwimmen im Meer, schlafen am Strand.

So ein Abenteuer!

Sommer war zu Ende.

Als wir wieder in Salzburg sind, regnet es.

Tag der Perversen.

An einem Sommertag liege ich im Garten und lese ein Buch. Der Schwiegerpapa ist weggefahren um die Kinder zu Oma zu bringen, heute schlafen sie bei ihr. Zu hause bin ich alleine.

Beim lesen bin ich eingedöst. Als ich aufwache, spüre ich einen Blick. Hubert, mein Schwiegerpapa, steht ein paar Meter von mir entfernt und schaut mir unters Rock. Ich richte mich auf, zupfe meinen Rock und frage ihn, erstaunt, "was gibt es neues?"

Können sie sich an Tarantino's Blick erinnern, wo er einen Perversen spielt? Diesen Blick hat jetzt Hubert. Er leckt seine Lippen und sagt zu mir. "Ich habe deine Muschi gesehen!" "Hm!" Ich stehe auf. Er geht auf mich zu und wiederholt. "Ich habe deine Muschi gesehen!" Ich gehe rückwärts, Richtung Türe, ich kann vom Garten auf den Balkon und ins Zimmer. Ich sag ihm nur "das wirst du schon mal überleben!" und mache vor seine Nase die Glasstür zu, renne die Treppe runter und fliehe aus dem Haus. Er rennt mir nach und schreit wie besessen "ich habe deine Muschi gesehen!", als ob das mich zu irgendetwas verpflichtet!

Ich schnappe den Fahrrad und bin weg. Ich radle zu "Haus Gabi", am Zeller See, weil ich weiss, dass dort meine Freundin, Angi, ist. Aufgeregt erzähle ich, was mir vorgefallen ist. Ich kann heute bei Angi übernachten. Ich erinnere mich, dass beim Bioladen, wo ich mal gearbeitet habe, die Inhaber haben für mich heute einen Karton mit Brot und Gemüse gelassen, hinter dem Geschäft, wo sie leeren Kartons rausstellen.

Eine meine russische Bekante, die auch an diesem Tag hier war und der ich auch meine Geschiechte erzählt habe, wollte mich zum Bioladen begleiten. Also, zu zweit radeln wir los, es ist ein Stück am See zu fahren und es ist inzwieschen dämmrig geworden.

Beim Bioladen vorne gab es Licht, hinten aber stockdunkel gewesen. Ich stelle mein Rad ab, gehe nach hinten, um den Karton zu holen. Komme mit dem Karton wieder und will es am Gepäckträger fixieren, meine Bekante hilft mir dabei, als aus der

Dunkelcheit eine Gestalt erscheint, genau von dort, wo ich gerade war. Ein Mann im Rennrad Anzug. Er tritt ein Schritt nach vorne zu uns und wir sehen, dass er zügellos masturbiert. Oh, Jesus Maria! Wie auf Komando, schreien wir ihn an und drohen die Polizei zu rufen! Er scheint nicht beeindrückt zu sein und tut weiter. Wir schauen nicht hin und versuchen schnellmöglichst den Karton zu fixieren. Als es uns gelingt, steigen wir auf unsere Räder und radeln davon.

Nach hause zu fahren, habe ich Angst, denn, wahrscheinlich, hat der Typ uns belauscht und dann verfolgt und sich hinten verstäckt und gewartet....Und was noch alles hat er vor? Wir fahren ins Stadtzentrum. Heute ist Stadtfest und viele Menschen sind unterwegs. Meine Bekante muss heim.

Ich rufe meine Freundin, Julia, an, wo sie ist und ob sie mir meinen Karton mit Sachen abnehmen kann. Sie ist in der Stadt, im Kasino und sie kann, mein Karton ins Auto stellen. Ich soll zum Kasino kommen. Ich gehe zum Kasino und warte. Aber Julia kommt und kommt nicht raus. Dann gehe ich rein. Also, eine Dame im kurzen Wickelrock und Flip-Flops mit einem riesen Karton in den Händen, wo Lauch, Salat, Petersilie und Brot rausssteckt geht ins Kasino rein. Alle schauen mich schief an. Ist eh klar. Endlich finde ich die Julia und wir gehen zusammen raus zu ihrem Auto. Ich erzähle ihr die Geschichte mit dem Schwiegerpapa und dem Typen hinterm Bioladen. Sogar für mich hört es sich voll unglaublich und schräg an, obwohl ich es selbst erlebt habe.

Auf Julia wartet wer im Kasino und sie geht wieder hin.

Ich habe mich mit Angi in einem Kaffe in der Fussgängerzone verabredet. Ich setze mich absichtlich in eine Ecke so, dass nicht jeder mich sehen kann. Ich bestelle was und warte auf Angi. Am Tisch neben mich sitzen Araber. Auf einmal, einer, der eigentlich mit dem Rücken zu mir sass, dreht sich um schaut mich an und fängt an auf englisch mir einen Angebot zu machen, mit ihm aufs Klo zu gehen und ihm einen zu blasen, dabei leckt er widerlich seine Lippen. Gott sei dank!!! Angi ist da! Ich muss ihr noch was erzählen über den Tag der Perversen.

"Mit was für eine Kreme hast du dich heute eingeschmiert?" fragt sie.

Es wäre lustig, wenn es nicht so widerlich wär!

Anis Amri?

Ich wohne in einem Pension am rande der Stadt Salzburg. Die Nachbarn wechseln relativ oft, einige bleiben länger.

Mitte Dezember komme ich vom Einkaufen zurück und treffe im Hof, von der Pension, zwei Menschen, wir grüssen einander. Ich schaue einem in die Augen. "Ui! Bist du hübsch!" denke ich "ich hoffe, du bist nur auf Besuch hier ... ich habe einen Freund ..."

Der Typ hat etwas! Etwas, was mein Freund auch hat, weswegen ich mich in ihn verliebt habe! Reinheit und Unschuld!

Am 19 Dezember habe ich einen AMS Termin, um 11. Ich fahre mit dem Rad. Ich bleibe noch einbischen in der Stadt und komme am frühen Nachmittag zurück. Im Hof schiebe ich den Rad und an der gleiche Stelle treffe wieder zwei Menschen. Wir grüssen einander. Ich schaue einem in die Augen.

Am 20 Dezember habe ich einen Zahnarzt Termin, um 12. Zahnarzt ist im Nachbarhaus. Zwieschen 12 und 13 Uhr, gehe ich vom Zahnarzt nach hause.

Über was in Berlin geschieht, erfahre ich am 19-ten, am abend. Aber es ist so weit, weit weg!

Am 21 Dezember, am abend, zeigen die in den Nachrichten das Foto, vom "Täter". Ich erkenne den Menschen.

Ich kriege Panik!

Sie sagen am 19 Dezember, gegen 20 Uhr, hat er das gemacht. Wann habe ich dann ihn gesehen? War das 19-er, oder 20-er? Am Montag, nach dem AMS Termin, oder am Dienstag, nach dem Zahnarzt?

Ich glaube an keine Verschwörungstheorien. Wenn die sagen , er hat das am 19-en gemacht, dann könnte ich ihn nicht am 19-en treffen, ich schaue google maps, wie lange man von hier bis nach Berlin braucht, 7 Stunden ohne Pausen. Bedeutet das, dass ich ihn am 20-en getroffen habe? Also, nachher? Also, ein "Terrorist" ist in meinem Haus? Meine Panik wird zur Paranoya!!! Bedeutet das, dass nach dem "Tat" ich den "Täter" treffe und im in die Augen schaue? Also, er weiss, dass ich weiss?

Mir wird übel. Ich renne aus dem Haus und spaziere im dunkeln in der Hoffnung eine Polizeistreiffe zu begegnen. Nebel ist draussen und es macht das ganze noch unheimlicher.

Ich beruhige mich und gehe nach hause. Im Flur muss ich bei der Tür vorbei, hinter der dieser Mensch ist.

Am 22 Dezember, vormittags, gehe ich zur Polizei.

Am 23 Dezember ist er in Italien erschossen.

Die Medien berichten, er ist nach Italien über Frankreich und so ... und er ist von Videoüberwachungskameras gefilmt und so ...

Egal, ob am 19-ten, oder am 20-ten ich ihn getroffen habe, es stimmt nicht mit dem, was die Medien sagen. Ich fange an zu zweifeln. Ich finde im Internet Videos, die beweisen, dass, das ganze in Berlin, nur eine Inszenierung ist.

Dann reisse ich mich fest fest zusammen und rekonstruire das ganze noch ein mal, dabei glaube ich nur mir selbst.

"Ich habe Anis Amri am 19-ten Dezember weit, weit weg vom Berlin, an einem frühen Nachmittag getroffen und in die Augen geschaut. Sein Blick war rein und unschuldig."

Oben ohne.

Ich bin gerne beim sonnen und baden oben ohne. Ich fahre gerne zum Salzachsee in Salzburg. Dort ist viel Platz.

Im Sommer 2016. An einem Tag komme ich zum Salzachsee und lege mich sonnen, wie ich es mag, oben ohne. Ich drehe mich mal um und merke, dass mich jemand anstarrt. Ein Junge, der sich nicht so weit hingehockt hat.

Brrr!!! Unangenehm! Ich kriege ein Gefühl etwas verbrochen zu haben, indem ich so, oben ohne, mich in die Sonne hingelegt habe.

Ich schaue dem Jungen genau in die Augen. Er schaut, als ob er darauf gewartet hat, meinen Blick zu fangen um mir zu sagen. "Ja, ich bin hier, ja, ich nehme "dein Angebot" an, komm, steh auf, wir gehen und machen es!"

Wie, bitte?! Er steht auf und bleibt in eine Erwartungpose stehen und schaut mich weiter an. Was soll das? Ich stehe auf und gehe schwimmen.

Der Salzachsee ist zum Lieblingsort für Flüchtlinge geworden. Heisst das jetzt, es geht nicht mehr, oben ohne? Weil ...

Ich komme aus dem Wasser raus und überlege, was ich tun soll. Soll ich ihm eine schmieren? Soll ich, mit Händen und Füssen, ihm die "demokratische Werte" erklähren?

Soll ich?

Ich ziehe mich an und gehe. Er verfolgt mich und kommt ganz nah. Ich drehe mich zu ihm und schaue noch einmal in die Augen. Er hat meinen Blick verstanden. Verlegen blieb er stehen. Ich gehe zu meinem Fahrrad und fahre weg.

Ich fahre nicht mehr zum Salzahsee. Ich habe keine Lust, für die "Werte" zu kämpfen, die mich zu eine Prostituirte machen. Dafür gibt es "Femmen" und Angela Merkel.

Stern der Hoffnung.

Im Jahre 2001 kam zu mir die Idee nach Rumänien zu gehen, um die Sprache wieder zu können, die ich als Kind sprach und dann vergessen hab. Meine Idee war, wenn die Sprache wieder da ist, sind die Kindheitserinnerungen auch wieder da.

In Sankt Petersburg habe ich, wärend meinem letzten Studienjahr an der Hochschule für Fremdsprachen, in eine Einrichtung für schwer geistig und körperlich behinderte Kinder freiwillige Arbeit geleistet. Zu diese Einrichtug kam ich durch den deutschen Fotograf, Peter Damman, der mich als Dolmetscherin engagiert hat.

Dem Peter Damman habe ich meinen Wunsch nach Rumänien zu gehen anvertraut und er hat mir eine Adresse in Alba Julia, Transilvanien, gegeben, wo zwei Schwestern aus Deutschland einen Kinderheim gebaut haben und wo ich fragen konnte.

Kinderheim "Stern der Hoffnung". Ich schrieb einen e-mail und war eingeladen zu kommen.

Ich verschänkte alle meine Sachen an Freunde und Bekante und verliess Sankt Petersburg um nicht mehr zurück zu kommen.

Zuerst besuchte ich meine Schwester, die in Italien lebte, und meine Freundinnen in Deutschland. Und flog dann vom Berlin nach Bukarest. Vom Bukarest mit dem Zug nach Alba Julia. Ich sollte vom Bahnhof abgeholt werden.

Spät in der Nacht kam ich in Alba Julia an.

Als ein Macho Typ in meine Richtung geht, denk ich mir, er will mich anmachen. Seine lange schwarze Locken, die nur so, vom viel Haargel, glänzen, sind nach hinten frisiert. Eine fette Goldkette um den dicken Hals. Das Hemd ist, wahrscheinlich absichtlich, nicht zugeknöpft und dichte schwarze Brusthaare sind zu sehen. Solche Typen habe ich nur in Filmen gesehen, Gangster oder Zuhälter waren das.

Er kommt zu mir und fragt mich, ob ich die Alyona so und so bin?

Oh, du Heiliger! Er ist Ehemann von der Heimgründerin und selbst auch Chef im Kinderheim!

Wir gehen zum Auto. Das Auto, ein knallroter Jeep, mit allem Schnickschnack drum und riesen Dachscheinwerfer oben drauf. Ihnen die Sitze mit Kuhleder, weiss mit grossen braunen Flecken.

Das Kinderheim, "Stern der Hoffnung", ist vom hohen Zaun mit Stacheldraht umgeben.

Die Geschichte wie ich meine Haare abrasieren liess.

Ich war in Jena, bei Sara und wir wollten zur Julia nach Berlin trampen. Wir wollten schon Vormittag los aber der Sara's Mitbewohner kiefte sehr viel und lud uns ein mit zu rauchen .....Plötzlich war es 16 Uhr.

Wir schaffen doch noch aus dem Haus. Wir wollen nach Berlin, dass wiessen wir noch. Es bleibt ein LKW stehen. Wir sagen," Berlin". Der Fahrer, der anscheinend kein deutsch kann, sagt, "Berlin". Wir steigen ein.

Irgendwann merken wir, dass wir in falsche Rictung fahren. Bei eine Raststaette steigen wir aus.

Wir müssen auf die andere Seite vom Autobahn. Gehen ein bischen von der Raststätte weg, warten bis es keiner fährt ... und laufen auf die andere Seite. Dort wollen wir gerade ins Gebüsch, als die Polizei, wie aus dem nix, bei uns erscheint. Bla, bla ... Strafe ... bla, bla ... so und so ...bla, bla. Ales klar.

Dann fragen wir einen anderen LKW Fahrer, "nach Berlin?" Er sagt, "Ja, ja Berlin " und fährt uns nach Braunschweig. Draussen Nacht. Wir laufen dem seltsamen Fahrer davon.

Wir müssen In Braunschweig irgendwo die Nacht überstehen. Wir finden den Bahnhof. In einem Warterraum am Bahnsteig versuchen wir uns zu wärmen und zu schlafen. Es ist kalt, Ende Oktober, die Sitze unbequem fürs liegen und wir haben nur einen Schlafsack. Abwächselnd wärmen wir uns im Schlafsack, jede Halbe Stunde. Um 4 in der Früh kommt die Polizei. Bla, bla ... hier schlafen verboten ... bla, bla ... Ales klar.

Gefrohren, todmüde, nicht geschlafen gehen wir um einen Autobahn Einfahrt zu suchen , irgendwo in Braunschweig.

Es ist ein bischen heller geworden und die Leute aufwachten um seine Geschäfte zu machen.

Plötzlich merke ich, dass alle rund herum russisch reden, die alte Omas im Kopftüchern vorne gebunden, die Schullmädchen mit riesen weissen Haarschleifen ...

Endlich finden wir den Einfahrt.

Wir fühlen uns Scheisse. Da kommt ein rosa Mercedes mit grünnen Sternen auf die Seiten und ein gestylter Typ, im Leder, fragt uns, ob wir nicht nach Berlin wollen. Kaffe für uns hat er auch.

Nach Berlin kommen wir zu frür und müssen am Ostbahnhof auf Julia warten. Am Ostbahnhof gibt es keine Bänke zum sitzen! Oder wir haben die nicht gefunden. Oh! Ein Frisörsalon! Dort kann man sitzen und Zeitschriften schauen! Wir setzen uns ein. Da schaut jemand zu uns ein und fragt , "wer ist die Nächste?" Sara stosst mich mit dem Elenbogen, "du wolltest doch die Endungen schneiden lassen."

In Italien, bei meiner Schwester, habe ich auf meine lange Haare Dauerwelle gemacht. Es ist so eine Löwenmähne geworden, dass ich es unter einem Kopftuch verstäcken musste.

"Bitte, ein bischen Endungen schneiden."

Mein Kopf ist noch runder geworden.

"Bitte, noch ein bischen."

Und dann noch und dann noch.

"Vielleicht ist der Spiegel schuld?"

"Bitte noch ein bischen."

Als ich dann ein perfeckten Kugelkopf habe, sage ich, "Oh,nein, rasieren sie, bitte, das weg!

Die gereizte Frisösin nimmt die Maschine und ...

Ich gehe raus und sehe die Sara gemütlich auf Drei Stuehle schlafen. Ich wecke sie auf. "Jesses Maria!!!" schreit Sara auf, als sie mich sieht.

Raus aus dem Frisörsalon und sofort die Julia getroffen, die meint auf uns schon lange zu warten.

Zu mir sagt sie lachend, "Schöne Frisur, so siehst du wie eine radikale Lesbe aus!"

22 Juli.

Ich sitze im Sand im Volksgarten. Beachvolleyball wird gespielt.

Da kommt er und setzt sich in einen Strandstuhl, den er nicht weit von mir stellt.

Das ist der Typ, den ich mal, als ich mit dem Rad am Salzach entlang gefahren bin, gesehen hab ...

Dann, an einem anderen Tag, sah ich ihn auf eine Bank, am Salzach, sitzen, alleine ...

Und jetzt kommt er und setzt sich nicht weit von mir ...

Er sitzt mit dem Gesicht zur Sonne und macht die Augen zu ...

Ich spreche ihn an. Ich frage, ob er einen Kugelschreiber hat.

Er meint, nein, und für was leicht brauche ich ein?

Ich denk, glaubst ich frag um nur was zu fragen, um mit dir zu sprechen, oder was? Und sag, "mir ist ein Comic eingefallen und ich will es aufzeichnen, um es nicht zu vergessen."

Ich erzähle den Comic ...

Er erzählt, wie er auf Bali war ...

Fahr ma grillen?

Fahr ma! Nur ich muss kurz zum Mirabellplatz, wir filmen was mit unsere Theatergruppe.

"Ich warte hier auf dich ... und kaufe Würstchen ... und Bier."

Beim Drehen war ich so aufgeregt und ungeduldig.

Ich sagte zur unsere Regisseurin, dass ich ein Date habe und jemand auf mich wartet, und ging früher.

Ich radle schnell zurueck zum Volksgarten.Und was sehe ich dort?

Er sitzt im Sand, vor drei Mädels die in Strandstühlen sitzen und tratscht mit ihnen.

Ich setze mich beim Teich, ich will nicht stören ...

Dann sehe ich ihn Richtung Toilette gehen ...

Ich bleibe sitzen ...

Dann kommt er wieder und sieht mich ...

"Bist du schon lange da? ... Fahren wir? ... Ich habe Würstchen gekauft!!!"

"Ich wollte dich nicht stören ..." Ich deutete in Richtung Mädels.

"Ach, geh! Blödsinn!"

Wir steigen auf unsere Räder und radeln los.

"Ich kenn eine Wiese ... ich zeig dir ... eine Decke hab ich a mit!!!"

Ich schau ihn halbernst an und meine, " Aber sex machen wir nicht!"

"Ich hab noch nie mit einem Mädchen was gehabt!"

Auf der Wiese liegen wir im hohem Grass und ...

küssen uns bis in die Milliardsternenacht fünf stundenlang ...

Jedem das Seine.

Wenn man, doch, annimmt, dass alle Frauen Huren sind, dann bin ich die Ausnahme, die diese Regel bestätigt.

Ich weiss es nicht mehr, ob es wirklich eine Umfrage war,oder ein Witz von einem Komiker: „Nach dem Zerfall von der Sowjetunion hat eine Befragung in der Schulen gezeigt, dass mehr als die Hälfte von Schülerinnen an den "Beruf"- Prostituirte trüumen. „ Ich, aber, wollte Dolmetscherin werden und bin geworden.

Einmal, als ich für Kriminalpolizei Land Salzburg gearbeitet habe, klingelte, spät in der Nacht, mein Telefon.

Polizei: "Grüss Gott! .... Können sie zu uns kommen, bitte, wir brauchen Sie, dringend!"

Ich: "Es ist drei Uhr morgens! ... Ok, komme mit Taxi!"

Polizei: "Kein Problem, wir werden das Taxi bezahlen, kommen Sie, bitte, so schnell wie möglich!"

Ich bestelle ein Taxi. Fahr los. Komm an. Was ist los?

"Strassenstrich (zwei rumänische Strassenhuren im „Pretty Woman“ Outfit stehen verlegen in der Ecke) so so ... , erster Tag im Lande, also ... , können kein deutsch, freilich ... , sind "arbeiten" gegangen, alles klar ... , haben nicht kapiert, was die Männer von denen wollen, sehr interessant ... , haben sich bedroht gefühlt, Grosser Gott ... , haben einen Pflasterstein genommen, Heiliger Strohsack ... , und dem BMW die Windschutzscheibe zerschlagen, bravo ...!"

Nach eine Stunde bin ich mit dolmetschen fertig, Polizist ruft für mich ein Taxi, ich fahr nach hause weiter schlafen.

Im Taxi denke ich über Strassenstrichmädels.

"Mädels, Mädels, ich kriege für diese eine Stunde 350 Euro. Ihr, aber, müsst "arbeiten" und "arbeiten" für die zerschlagene Scheibe!"

Und was willst Du werden?

Inhaltsverzeichnis

Der Gott ist rot? 1
Niemand und keiner. 3
Who is who? 4
Sicheres Salzburg 9
Märchen. 11
Hase ist schuld an diesem Unfall 12
"Feiertag ist für die Deutschen!" 13
Ich war Au per Mädchen bei einem RAF Mitglied 17
Ku Klux Klan in Zell am See. 20
“ Das ist Showbusiness, baby!" 22
"Danke, für den geilen Striptease!" 24
Salzburg - Barcelona - Salzburg. 25
Tag der Perversen. 31
Anis Amri? 34
Oben ohne. 36
Stern der Hoffnung 37
Die Geschichte wie ich meine Haare abrasieren liess. 39
22 Juli. 42
Jedem das Seine. 44

Printed by Books on Demand GmbH, Norderstedt / Germany